CÉSAR
CELOSAURIO

Título original: *Jamal Jealousaurus*
Publicado en 2013 por Wayland

Primera edición: Abril 2013

© Wayland, 2013
© Del texto: Brian Moses
© De las ilustraciones: Mike Gordon
© De esta edición: Grupo Anaya, S.A., 2013
Juan Ignacio Luca de Tena, 15. 28027 Madrid
www.anayainfantilyjuvenil.com
e-mail: anayainfantilyjuvenil@anaya.es

ISBN: 978-84-678-4020-6
Depósito legal: M-39.365/2012
Impreso en China - Printed in China

Las normas ortográficas seguidas son las
establecidas por la Real Academia Española
en la nueva *Ortografía de la lengua española*,
publicada en el año 2010.

CÉSAR CELOSAURIO

Texto de
Brian Moses

Ilustraciones de
Mike Gordon

ANAYA

César Celosaurio tenía los ojos verdes.

Cuanto más celoso se sentía, más verdes
se le ponían los ojos.

Tenía celos de su hermano
porque se le daban muy bien
los juegos.

—Ojalá pudiera ganarle alguna vez cuando jugamos a «escapar del pantano».

Tenía celos de sus amigos, porque ellos tenían bronto-bicis, y él, solo un patinete.

Tenía celos de sus primos, porque parecía que tenían muchas más vacaciones que él.

César decidió contarle a su madre
lo celoso que se sentía. Ella le dijo:

—Es natural estar un poco celoso, pero todos tenemos que aprender a vencer los celos.

—Yo tengo celos de la vecina de al lado
—le explicó su madre.

14

—Tiene una cueva más grande que la nuestra y siempre compra cosas nuevas.

—Y a mí me da envidia el nuevo dino-coche de mi amigo —dijo su padre.

16

—La conducción es muy suave y no bota sobre
los pedruscos como nuestro coche.

—Pero a veces siento tantos celos que parece que tengo enredaderas trepándome por los dedos de los pies que me suben hasta la tripa, y no puedo pensar en otra cosa.

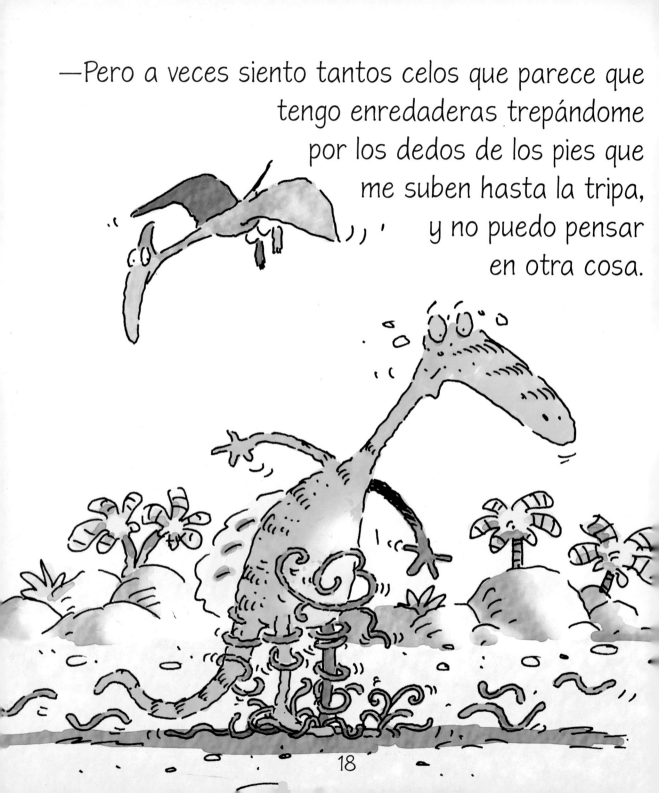

—Odio sentirme así —dijo.

—Tienes que acordarte de todas las cosas que sabes hacer bien —le dijo su padre—. Piensa en lo bueno que eres jugando al dino-fútbol.

—Puede que algún día seas del equipo de los Dinosaurios Unidos y juegues contra los Gigantes Jurásicos.

—Y cuando sientas celos, tienes que pensar en todo lo bueno que te ha pasado —le dijo su madre.

—Piensa en cuando nos fuimos a «Isla Aventura» las vacaciones pasadas.

—Acuérdate también de que puede que otros dinosaurios tengan celos de ti.

—Celos de lo bien que monto en hueso-patín,
¿no? —dijo César con una sonrisa.

Ahora, todos los días, César procura
no estar celoso.

—Quizá puedo ser un «notancelosaurio» o un «poquitincelosaurio».

Si le miras a los ojos, podrás
saber si lo consigue.

Hoy va muy
bien. ¿Puedes
ver por qué?

NOTAS PARA PADRES Y PROFESORES

Leemos el libro con los niños de forma individual o en grupo.
Les preguntamos qué les hace tener celos y cómo se sienten
cuando están celosos. ¿Sienten celos por las mismas cosas que
César?

Los niños y las niñas no siempre entenderán que estar enfadados
y frustrados muchas veces tiene que ver con los celos. Podemos
ayudarles a hacerse unas máscaras de caras que reflejen celos.
Después, hablamos con ellos sobre las expresiones que han dibujado
en sus máscaras.

Ayudamos a los niños y a las niñas a escribir poemas cortos que se
centren en sus celos:

> Siento celos cuando mi hermano recibe un premio y yo no.
> Siento celos cuando mi profesora dice lo bien que ha leído mi
> amigo pero no me dice nada a mí.
> Siento celos cuando veo a otros niños con algún juguete
> electrónico que yo quería por Navidad..
> Siento celos...

¿Pueden el resto de los compañeros sugerir formas de superar esos
celos?

Los padres de César le recuerdan que es posible que otros sientan
celos de él. César se acuerda entonces de lo bien que monta en
hueso-patín.

Preguntamos a los niños qué se les da bien hacer. ¿Podrían tener celos los demás de sus habilidades?

Es posible que algunos de los chicos quieran escribir historias basadas en las escenas de las páginas 6 a 11. ¿Tienen sus historias un final positivo o negativo? Hablamos con ellos sobre lo que han escrito y les preguntamos la razón de que hayan contado esa historia.

Preguntamos a los niños qué creen ellos que puede provocar celos en un adulto.

> Mi madre está celosa de las botas nuevas de mi tía. Le gustaría comprarse un par así.
> Mi padre está celoso de la nueva televisión del vecino. Tiene una pantalla gigante.
> La chica que nos cuida está celosa de todo lo que tenemos para jugar hoy día. Ella no tenía casi nada.

Proponemos también realizar alguna actividad más lúdica. ¿De qué sentirían celos un perro, un gato, una araña o un conejo?

> Nuestro perro está celoso de la pelota del perro de la casa de al lado.
> Nuestro gato está celoso de los maullidos de otro gato porque son más fuertes.

Los dinosaurios también tienen sentimientos

OTROS TÍTULOS DE LA COLECCIÓN

Greta Gruñosauria está siempre gruñendo, desde que se levanta hasta que se acuesta. Por mucho que se esfuerzan sus padres, nada parece contentarla. ¿Cuándo dejará de gruñir y empezará a sonreír?

Pedro Preocupadáctilo es pequeño pero tiene grandes preocupaciones. Todo le inquieta: desde que no amanezca cada mañana hasta no poder hacer las cosas tan bien como sus amigos. ¿Conseguirá alguna vez dejar de preocuparse tanto?

Emma Enfadosauria se enfada por todo: si no puede ver lo que quiere en la tele, si no gana a los juegos, si sus hermanos reciben algún regalo... A veces, incluso, ruge, patalea o golpea alguna puerta. ¿Cómo conseguirá Emma calmarse?